コールサック社

古城いつも歌集

クライム ステアズ フォー グッド ダー
Climb Stairs For Good Da

クライム ステアズ フォー グッド ダー

Climb Stairs For Good Da

目次

クライム ステアズ フォー グッド ダー
Climb Stairs For Good Da

古城いつも 歌集

I

きざはし

啓蟄とタイムラインを流れ来て幸とは常に登るきざはし

雨止みて虹の大円現るる銀ネズの空を飾るジルコン

投函の三日後葉書戻りきてあと十円のおきて切なし

ブルベリージャムに満たされ仰向けば変節のひとふと過ぎりたり

黒髪と黒眼の血脈この餓鬼の心は知らねテレビ見ている

泣き真似をして負けたふりせしことも処世なりけむ青春残像

パソコンに子供養うゲームあるご飯あげねば死んでると言う

オークション終了知らせる警告音ポロポロ鳴らす夜のアイパッド

沈黙の多数派の君補集合もしや夕べの匿名ブロガー

ざらめ感覚

古畳滑り遊べる子山羊等の獣と変わる時いつの時

長月のまばゆき夕日を背にしてロックアイスを買いにゆきたり

お見舞いに胡桃二つを持ってゆく弄んでよてのひらの中

落葉松は黄色く色づく落葉樹山の友なら山語るべし

カステラが好きなのですか舌触りざらめ感覚少しく同意

秋雨の合間に台風訪れてすっかり机上のひとであります

定形外郵便に切手貼ってゆくこの楽しみをあなたに知らそ

ツイートに流れる優勝力士見て弱きはずでは日馬富士関

飛燕とう美しき言葉携えて武道あらんよ拳を突いて

藍の落涙

どうしてと聞いても虚し悪人はべろんと伸びた顔面の皮膚

漆喰の壁の小部屋に住みたかり色は濃い目で障子は白で

網膜に優しき夜のクリプトン抽象的なものに輪郭

いもうとは白猫姉は黒猫を幻燈見ているような黄昏

少年の筆圧受けて曲がりたるシャープペンシル返されたとて

風呂敷に包めばどこでも納まりぬ順応すれば渡世は易き

いびつなる織部の陶器毎日が楽しかろうよお茶を淹れれば

陶磁器を注文したまま忘れてもふいに届きぬ藍の落涙

書を捨てよ街へ出ように促され生き延びた技まんざらでない

きっちりと幸福生活語られて今更気づく幸福過ぎる

牡蠣殻へナイフ刺し込み捻り込みこの労働の先に美味あり

夜明けのララバイ

紙パック日本酒ストロー付きを買う父の本領アンチブルジョワ

オレンジを蓄え秋の冷蔵庫甘きを以て礼節を知る

冷ややかに談笑の輪を外れつつついに切れたり外交辞令

スペアリブ病み付きになるシンプル度スーパーストアに「あります」を聞く

冬の夜をソ連映画で明かす時レンドルミンは夜明けのララバイ

ご指名の版画家の絵を五枚ほど財をはたいて友と呼ぼうよ

将軍は鎧のねずみ木版画八百畑の幸治めかわゆし

初春の歌舞伎座公演越後獅子十七歳の舞は朱色

レジン製季節外れの少年のかわいくないから買ってみました

柑橘の和魂洋才果汁ぶり君知るやこの清美オレンジ

走ったり登ったりした日は過ぎて踊っております心を添えて

II

我がための鐘

たましいの宿りぬ前のわたくしが父と笑まうよ桜の下で

面倒も消えてパン焼く土曜日に発酵という詩的な仕事

牛乳のなにかこってりした感じ雨が降ったらボサノバ流す

頭から俗世まみれのわたくしに一ミリグラムの理想よく効く

入浴剤森林浴の青みどり泣かない逃げないみな引き受ける

起きるとも寝るともお好きになされよとテレビの青が明るみて言う

厳かに死のあるならば聴かまほし深夜零時の我がための鐘

酒饅頭繊細に酒の匂いさせ酒饅派という主義を貫く

どうしても欲しきものこそ捨てるべし机上離れて裏庭の槇

体内を水下りゆく感覚を知るやたとえば旅路のあとに

このところ顔を歪めて我が裡に切りて潰して死なぬ腫れ物

9時過ぎの部屋にミントの香り立ち許したひとにまた欺かれ

白百合の名前を問えばソルボンヌ愁いは常に値踏みするひと

日の丸の美しきという愛国を中国韓国にて語るまじ

片仮名を排除せしのち現わるる七月盡の山の氈鹿

我が野生

偶像のインターネットに名前舞い杵を振るひと手水するひと

満月が赤くフロートする東あなたの目指す駅のあること

たまさかに歪む空気の場が見えるいつでもそれは吉祥として

暗闇は怖ろし花火はうつつの灯夜はもういい今日はお仕舞い

幸水の甘き完成確かめにキッチンに立つ真夜の目覚めは

それはそれこれはこれとて選り分ける貴方は狡い私は青い

しあわせと嘘に塗れたまぼろしの家族終わりぬ足洗いませ

小さき小さき駅に秋雨しとどにて父と私の無形の不幸

紅葉の前の樹液を舐めたれば小鳥しほどの我が野生かも

起き上がることの出来ない朝もある芒が脳内掃いて発熱

白濁の湯から交互に足指を覗かせ雨雲まだ居るらしき

ランタンのなずきに一つ灯る夜はバスタブの湯を白く濁らす

主語の無き誹謗中傷飛び交いて自分のことと思ったら負け

手も足も言葉も出せぬときがあるその絶望も過去となりゆく

白鷺の一本足を夢に見る六畳間には着物重ねて

幻の姉

水玉のワンピース着て先をゆく幻の姉はおそらく私

シベリアのまた北ツンドラコート着て兵士指揮する我が夢の中

泥土にて口鼻押さえて人殺す夢を見しこと語るべからず

冬の夜の薬缶の湯気と紛いたる新しき日の不確かさ何故

進めども進めども元の場所にいるそこはふるさと幼きところ

その主題少女でなかりターバンのラピスラズリの青き崇高

何もかも話してしまう癖ありて脳内筒抜けなる病気かな

にわとりが眼鏡をかけて本読みてシャガールそれが批評家の的

幻覚はサイケそのままぐんにゃりと歪む貴方の性格そのまま

自身より影の大きく在る夜はいよよ大きな法螺吹き給え

わたくしの為に揺れたるブランコに母の死という仮定を乗せて

ゲシュタルト崩壊

苦しみは思案などせず遣り過す病いの荒野にハコベラ探す

水清くして魚棲まずわたくしの正邪を選りぬ処世音痴は

筍のご飯に喜ぶ父娘憎悪はペルソナ愛とは処世

誰も彼も悪魔に見ゆる憂鬱にペルソナ壊れたあなた要らない

粗品とて鏡いただくこと多しそして私に分身できた

象れぬ悪意に名前つけしより勝ちては進むうつつ いくさ世

占いに負けて精神分析のケーキに混ぜるドライフルーツ

百円のバインダノート買い漁る夢より醒めて私苛々

インク壺ひっくり返してわたくしの闇からくっきり欲望という

もう少し色をつけてと言われたら深緑青入り透明度6

「少年」と我を呼ばれし師のありて女嫌いもそれよりのこと

言葉する世界と暗示する世界間にはまった十代われは

ゲシュタルト崩壊してゆくふるさとのもう会うことも母とおとうと

飾りたる絵皿の馬が恥ずかしき雲の間に間に翔けてゆくさま

夜のふくろう

マルクスもフロイトもまだ生々しあとももとせの哲学の道

リビドーの海に漂う若き日を泳ぎきらねば鬼宿るべし

白というコンプレックス我が持ちて角砂糖描く塊りで個で

垂直の配列壊れて並列に自我と深層ふたつの私

暑き夏越え来て葉月朔日のはたして何事も起こらない

もひとつの人格あらば迎えんよ我を見つめる夜のふくろう

宙を舞う金箔婆羅門小人さん死ぬかも知れぬは禁句であらん

わたくしの悪しきこころを転嫁するなのにあなたは吉祥天女

影として我は少しく白過ぎる影食べて生き母死ににけり

わたくしの中を錘が垂れているわたくしという絶対荷重

正気ではつくる能わず気ちがいと呼ばれてみたきよ芸術家なら

III

土踏みながら

青墨の濃淡で書く菜の花とナノハナなのはな添う白き月

約束の時は西風弥生盡母を死なして家を手にした

あしびきの三峰山の熊手持つ家とは家屋住まう薄ばか

咲き初むる藤のむらさきこれやこの季を知るすべ今日四月晝

あれこれと思い迷えど猫やなぎおいでと優しく誘われている

この指の紅き血吸えば玉葛いずこのお方にこころ委ねん

浅草に来るたびたわし買ってゆく紬のきつね柘植の櫛

モビールは黒き芸者のシルエット油を売って蕪らを買って

夏休み登山は日帰りプランにて七時ちょうどのあずさ1号

ふつふつと湧き出る言葉ただ陽気駆けてゆきます土踏みながら

覚悟こそひとを寄せては帰しては明天再見今宵望月

つづら坂

スズメ追いカラス追います鳥追いの今は目出度の門付けオンナ

手毬唄肥後は熊本仙波山タヌキ煮て喰うおまえ怖ろし

黄緑を観念として実らせて爪の先まで風船蔓

角出して愛でらるるもの金平糖ギヤマンに十掌に三つ

愛人は大きく色と把握され寝たか寝ぬのか葛芋の宿に

文散らしもみじ散らして我が秋は子鹿訪なうまぼろしの秋

のっぺら坊顔をべろんと撫でながらこんなお顔で鼓舟のめのと

美しきもの唯ひとつつづら坂おまえは四つ少し足りない

雨降って泥は溢れて土起こす守宮流れて我膨らめり

人見知りすれば憎かり詮もなし蛇は賢し鳩は性よし

カルタなるエキゾチックな言葉あり子ども遊ばす陽気な猿め

我が舞に欲し望郷に似たるもの雪の山稜土用の浜辺

囁ける水

青龍を引き受け首都になだれ込む総武電車に乗る青き帯

白虎こそ影司る神ならめ我が影遠く西に預けて

六月の朱雀は今し南から来たり手を振れ我ら留鳥

囁ける水を凍らせ今冬の黒き玄武は眠らず起きず

夜昼と鴉の理屈唱えたる我も鴉と言うほかはなし

環境を脱ぎきてさながら甲殻類芯無きゆえに海にゆらゆら

おじさまは道化師ブルーのラメスーツユニオンジャックのシルクハットで

羊の見る夢

白き象花を振り撒き行く夢路大きくならぬ稚児遊ばせて

人の世は穢れたものと知ったなら狐来る道魎出る道

張り詰めた弓を弛ませ的を見る十五のころから追いしうさぎよ

竈には火を入れ夜を託すころ橋の上にて精神科医と

間仕切りに乳白板を置くとして赤き薔薇など要るのでしょうか

如月の夜に羊の見る夢は深く聞くまい我は豹なり

スプーンは穴に嵌まって消えましたお伽話は非情に進む

制服を脱ぎ捨て黄色い潜水艦乗り込めば我がマテリアリズム

警察は桜の花に置換され詩編の中に散ってゆきます

空気のラダー

黄緑の旗下にこの指止まれして黒き王様赤き王様

影を踏むマララと蛇を踏むマリア女出るとき死戦はあらん

悪人と名札をつけて其処に居る鬼のゴブリン五度死んでなお

わたくしは夜を怖れて生き残る夜は漆黒また伽藍洞

躁病の父が叙事詩を編んでゆくノイズまたよし妄想よぇれ

才能はあらねど我に啓示来て三十余年の煉瓦職人

この部屋に秩序をつけて我が秋は芋も蜜柑も持ち駒として

父親のおらぬ娘は酔いどれてスカして蹴りぬ空気のラダー

ダージリン茶店に頼むこと多く回帰せしこと紅き時代に

凧揚げる重石は重力もたらして空にあっても地の奴さん

IV

オレンジの傷

店頭のオレンジの傷愛おしみ即ちそれは愛のモチーフ

快癒する体は本日アニミズム封印された恋も呼ばまし

骨董市女神目当てに来しものを買わるるほどの間抜けにあらず

柔らかく我を誘いしきっかけは忘れてしまいぬ矜羯羅童子

若きひと独り佇ちたる地下鉄の寂しきひとは美しきひと

芸能の屈託無さを我が愛し踊ってみたき「お久しぶりね」

壊してはならないそして壊れないみずの球体愛と呼ぼうよ

哀しきすみれ

パンジーよ思想をパンセと呼び代えてパトロンおれどもみな知らぬ振り

ドライバー符号プラスの1・0お膳立てして父を挿し変え

性愛はフラッシュバックの鳴らす鈴その振り幅を最大として

乳白の乳房と子鹿の脚をして薔薇を飾れるおとめ慕わし

少年の行為に解釈つけている少女よあなたもたぶんヒロイン

自分だけ語り過ぎたる心地する友と私は哀しきすみれ

巻貝に恋のまじない封じた日そんなあやふや大人はしない

部屋入ること許されて本心を漏らすことなど恋の履歴書

東京湾内海富津の砂浜の友はカリプソ写真に笑みて

権力は心地よからんミスティ・アイ稲田朋美は美女と呼ばれず

弁財天抱えて四谷荒木町我は知らざりここは花街

ストーブを焚いて黄薔薇を永遠にインノセントは花弁毟らず

愛の抜け道

父さんのブルーのタオルと戯れる青筋揚羽の恋は水色

来年は小五にならん少年の肩抱くこんな女の領分

あぁ父は小鬼ゴブリン母を売り母を逝かしめ余生を勝てり

覚醒の自我に優しきもの見えず探さなければ愛の抜け道

夜と昼ごちゃ混ぜ神を踏み躙りパンドラの匣開けたのは誰

わたくしは男と女の端境の虐められてもアンドロギュノス

クリップで髪留めかんざし挿すことの簡単そうで苦節十年

週ごとに替える着物で攻めてゆくオンナの覇権は負けを知らない

つま問いと慰霊のはざまに迷いつつ踊り踊らばエロスタナトス

醒めぎわの淫らな夢もボルテージ生きる望みも手にしたような

女なら腰の安定見せるべしスカートはいてサマーセーター

おんなくれない

少女用アニメママハリクマハリタの太鼓響いて男は狡い

恋愛の予感を終わらすことにある男の社会おんなくれない

闇に消え影に潜みしそのひとはまさに主役の十分条件

愛と性否む女に影が立つ鬼龍院花子娼婦にて果つ

セーラー服いたぶるイラスト贖えば昭和のエロスは歴史を刻む

恋愛の世代を過ぎたこの頃は水を得たうおいやそれ以上
愛恋の電磁波の森のがれたらポルノ映画も教材でした

ひと寄らぬところにひとを確かめる電話来たのは土曜の八時

山神を友とし友は放っておく滝が枯れたら呼んでください

V

神のはからい

美しき少年信徒いつの間に消えて五月のミサは終わりぬ

玄関の竹藪マリア子を抱けば我もマリアの属性ならん

百合と薔薇共に咲くこと教えたる修道院の土曜日のミサ

ピエタ像お買い得とは思えどもフォルム多分に歪んでおりぬ

臙脂色の珠を編みたるロザリオの持ちてはならぬ憎しみの色

歯車ががらんと回す生活のアラスカ産の鮭のムニエル

教会の抵抗勢力フィリピーナラブをひたすら追い出したかり

安らけき我の住み処を覗える悪意ありけりハロウィンリース

昼食のファミレスにふとチャイム鳴り天使に呼ばれる合図なりけり

目蓋にかかれる靄は過酷なる真実見せぬ神のはからい

海上に赤き旗浮く領域に入りてここには神連れて来よ

丘と湖描いてイエスの立ち位置を間奏曲のごとく神父は

イグナチヲ広きお御堂月曜の足に疲れし新しき靴

外国の神が梯子を降ろす場所教会お御堂色付き硝子

文語にて読めるダンテの神曲のいつの間にかに地獄を出でて

飢餓中のわたしにマンナ降る初冬あぁあの時と同じ神さま

雨の夜の交差点

カトリック弘前教会畳敷き幾たび来てもトマス・アキナス

ピッチャーから注ぐワインは濃ゆき赤イントネーション不思議弘前

黒石藩に緑賜わりし我が父祖を想えば嬉し黒石よされ

黒石のずっと奥処の落合にＷｉ‐Ｆｉ通じて旅程進みぬ

リゾート法あの日終われど黒石は温泉郷の工芸パーク

野鼠に近しくされて騒動す毎夜訪れ飴舐めてゆく

小麦粉も入浴剤もフリカケも買いたし土曜のドラッグストア

背景に同化してゆく幸せをたとえば雨の夜の交差点

目的地想定すれば走りゆく十六号線恋は要らない

珍しき犬をかまってじゃれられて俄か愛犬我はゆきずり

菊乃井にくちびる湿し乾杯はとまれはじまる芸術の道

樹下のきざはし

真間川の桜並木に迷いこみ往けず戻れず風景となる

紙袋にフランスパンを挿し込んで歩けば勘違いな船橋

遮断機は桜並木を遮りてそうか行ってはならぬ向こうか

あと2キロ歩いて更にあと2キロ香取神宮届くに難し

入院の無聊に冷やかす売店に今はブームの田中角栄

ＳＬは真岡鉄道今年また小皿の並ぶ市を歩きに

父上よ無防備きわまる笑み見せて大猷院の樹下のきざはし

西船橋駅にヒョロリと着流せる着物男子の裾短くて

姉さんのしな美しき盆踊り研鑽積んだ踊り手と見た

大分の扇子踊りの美しさ若き踊り子ウエスト細く

回向院銀杏のきいを浴びに来た季節に遊ぶ六十の段

市民の品格

熟れるまでボッチの中に落花生性急過ぎるひとは皆うそ

図書館の休憩室でワンカップ確かな市民度見せて男は

暗渠とう土木用語にそぐわずに木立涼しき等々力渓谷

夜遊びも独りの麻布狸穴町真面目な顔を始めたら負け

ＵＦＯが飛びそう夕暮れ永田町議事堂見えて星現れる

また遅れる武蔵野線をのんびりと待つ乗客の市民の品格

諏訪神社例大祭のささらっ子紫に朱の衣装のたまゆら

化粧して女装うむらさきの祭りの華は少年ばかり

羽織着て腕組みすれば献金の少年ぷるぷる震えて見せて

ベーゴマを回す昭和の子供等はグレイトーンで秋の日展

紫の温泉まんじゅう六個詰め熱海はゆるび弛んで帰る

足元を転がるように過るもの新年めでたき膨ら鶺鴒

ひたすらに海見ていよう真善美サイパンの空と海二元論

VI

太陽の塔

甘き甘き物語ある青春のヤマザキパンとアカギのアイス

大戸屋の御膳のご飯一杯が60センチの幸福観だ

血糖値体重筋トレストレッチこんなことまでコクヨの日誌

買えばよしヤクルトほどの容器して恋のエキスもまた口上だ

小悪魔というキャンディーを販売し便乗商法味覚糖はも

プリッツは技術凄まじお菓子にて常勝街道ついてゆきたし

お金とは良きもの晩夏の雅叙園の天井低くて我らは高き

市ヶ谷は四番町にほど近き地図によろしきグーグルクローム

はまぐりの楼閣亀山工場はアクオスつくってみせたりしたが

家具店のブランドひとつ消滅し匠大塚逃げきった感

おろされた空気満載会見はＺＯＺＯ前澤の若き失脚

重量感頼もしＩＫＥＡの机上灯バウハウス的出自匂わせ

太陽の塔のその趣旨シンプルで岡本太郎を否定できない

朝露にことほげこの世にあらぬもの平安閣も玉姫殿も

冷製無糖

午前九時不眠の朝に慈雨よあれ昨日の集いの熱を冷まして

首都高を下りたら路上パーキング共同オフィスのロビーにて待つ

くれぐれも卓袱台返しやらかすな三歩進んで二歩下がる夏

赤き石青き石とて売られたる労働の日々ピザなど食べて

モチベーション下げて雨降る月曜日缶コーヒーは冷製無糖

ぐるぐると回る玩具に遊ばれてなりわいもまた戯けの続き

パソコンの持ち込み可とする図書館に拡げて過ぎることなき私

クラウドに積載されゆく作品が桜紅葉と色まといゆく

名付ければビジネス・アート・リンケージ売れれば正義拗ねれば敗者

段ボール蹴飛ばすことも業務上ごり押しをする我の正当
うんうんと微笑みあとでバッサリとヤるのだという上司ありけり

キャラバンは砂漠の隊商わたくしも前に後ろに一家連ねて

災いを遠くに遣ってビジネスは潮の満ち干のその待ち時間

一月の空に山嶺浮かぶときここ浦安に詩的に関与

伝令

日本のオンナわたしはお茶を汲む旅に出会いし朝食の部屋

拒絶して三分のスキを空けておく営業男子のあなたの為に

労働者終える年頃童来てミッション果たせと伝令ひとつ

スピリチュアル使う講師にお手上げの創業塾の我は野次馬

中一に数直線を教えた日マイナス側を向けと誘導

海仕舞いするかの年齢来る気配利害利害の生恥じながら

理想言い働かなかったひとだから老後の誤算を依存している

桶に水張ってその水溢れ出すそして始まるわたしの仕事

胸元に緑のスカーフ結ぶ朝お金と仕事を一致させねば

技術者の論文に詩を見ることもありて私の伊達や酔狂

ダンピングしている競合他社ありてうちは安泰などと爪切る

夕暮れの森華飯店蟹炒飯さらば労働青磁のレンゲ

何も無き空気を囲む六面体昨日わたしが果たした仕事

小さき幸

中庸が銘の我が見し河内山宗俊橋之助脂乗りきり

駅ナカの回転寿司に職人の柚子飯握る裏メニューあり

濃紺の制服群がどっどっどあなたが教師を辞めたそのわけ

午前九時畳屋畳を持ってゆきわれに来たりぬ早朝感覚

新しきカップボードは運ばれてヤマトの兄さん我が指示を待つ

郵便局職員3分セクレタリー我の封書を通し微笑む

客はみな小さきひとの前に立ち小さきお金で小さき幸を

浦安の漁業協同組合を酒席に語る友はゼネコン

職員の食事時間をエッセンと暗号化して病棟は昼

看護師は黒き女と変身しアフターファイブを出でてゆくなり

教科書の世界が全てマスカラの警官トーキョーポリスハウスドール

解説　「登るきざはし」から「神のはからい」を透視する人

――古城いつも歌集『クライム ステアズ フォーグッド ダー／Climb Stairs For Good Da』に寄せて

鈴木比佐雄

1

古城いつも氏は短歌、俳句、詩、小説などの言語表現だけでなく、舞踊もされている多彩な表現者だ。そんな古城氏がもっとも力を入れてきた短歌をまとめ、第一歌集『クライム ステアズ フォーグッド ダー／Climb Stairs For Good Da』として刊行した。

古城氏の短歌は、仮に名前を伏せて読まれても古城氏の作品だと分かるほどの個性が際立っている。その言葉に古城氏の身体感覚が宿っていてそれを読者が感じ取ってしまうのかも知れない。例えばⅠ章の「きざはし」冒頭の短歌を読んでみる。

啓蟄とタイムラインを流れ来て幸とは常に登るきざはし

この「啓蟄」という冬ごもりの虫がはい出てくる古典的な言葉と「タイムライン」という時間割とか行動計画などの意味を持つ英語を並列にして提示する。それらが「流れ来て」しまう「幸」とは、常に「登るきざはし」という目指すべき行為があるからだろう。古城氏はその予定調和のような時間に感謝を込めながらも、それを乗り越えるような「きざはし」を見いだすべきだと、どこか未知の次元に足を踏み入れていこうと読者を促している。翻って歌集のタイトル『クライム ステアズ フォー グッド ダー／Climb Stairs For Good Da』の意味を考えてみると、「Da」という言葉は私の英語の辞書では名詞としては存在しない。しかしアイルランド英語では、《父を意味する「dad」が訛って「da」と発音されている》と言われているそうだ。たぶん古城氏は「dad」により親しみを持たすためにアイルランド英語の訛ったような「Da」と言い換えたのだろう。その意味ではもともと「dad」は小児語「お父ちゃん」のようなニュアンスがあり、それをもっと親しみを持たせようとしたのかも知れない。そうすると直訳すれば、「優しいお父ちゃんに会うために階段（きざはし）を登りなさい」というような意味になるだろうか。それを意訳するなら「善良な父なる神さまに出会うために未知の領域に踏み込みなさい」などとも解釈できるかも知れない。また、ロシア語の「да (da)」は「はい」という肯定の言葉であり、「Good Да (Da)」は「善きはからい」ということなのかもしれない。さらにドイツ語の「da」は「ここに／そこに」などのように身近な場所を示す意味もあり、ドイツ語の「Dasein」は、ハイデガーの「ここに」世俗的に生きて問いを発する実存的存在として規定されて、「現存在」という言葉で日本語では訳されている。古城氏はそんなハイデガー的な現代人の存在の在り方を「Good Da」という自らの言葉で暗示しようとしたのかも知れない。「善良な父なる存在でありながら、ここに生きる生々しい人間存在」を探し求めて、階段を登り続ける精神性が、この冒頭の「登るきざはし」の一首からも読み取れる。

2

Ⅰ章の「きざはし」、「ざらめ感覚」、「藍の落涙」、「夜明けのララバイ」からその他の短歌を引用したい。

黒髪と黒眼の血脈この餓鬼の心は知らねテレビ見ている
カステラが好きなのですか舌触りざらめ感覚少しく同意
陶磁器を注文したまま忘れてもふいに届きぬ藍の落涙
冬の夜をソ連映画で明かす時レンドルミンは夜明けのララバイ

これらの短歌を読むと、日本人の血脈を巡るテレビドラマやニュースなどに「飢餓の心」を読み取り、カステラの「ざらめ感覚」の舌触りを好み、購入した陶磁器の肌触りの乗った釉薬の色合いを「藍の落涙」と感動し、深夜のソ連映画が「レンドルミン」(睡眠導入剤)のようであり良き子守歌《ララバイ》となったという。古城氏の短歌はあまり類例のない発想で私たちが見過ごしている光景や深層の心情を掘り起こして、古城氏の宝箱をひっくり返したように魅力的なイメージが目の前に広がっていく。

次にⅠ章からⅥ章までの中でそんな類例がない魅力的な言葉を出合わせた短歌の世界を引用したい。

紙パック日本酒ストロー付きを買う父の本領アンチブルジョワ
頭から俗世まみれのわたくしに一ミリグラムの理想よく効く
厳かに死のあるならば聴かまほし深夜零時の我がための鐘
紅葉の前の樹液を舐めたれば小鳥しほどの我が野生かも
水玉のワンピース着て先をゆく幻の姉はおそらく私
ゲシュタルト崩壊してゆくふるさとのもう会うことも母とおとうと
もひとつの人格あらば迎えんよ我を見つめる夜のふくろう
囁ける水を凍らせ今冬の黒き玄武は眠らず起きず
父親のおらぬ娘は酔いどれてスカして蹴りぬ空気のラダー
恋愛の予感を終わらすことにある男の社会おんなくれない
目蓋にかかれる靄は過酷なる真実見せぬ神のはからい
父上よ無防備きわまる笑み見せて大猷院の樹下のきざはし
また遅れる武蔵野線をのんびりと待つ乗客の市民の品格
労働者終える年頃童来てミッション果たせと伝令ひとつ

客はみな小さきひとの前に立ち小さきお金で小さき幸を

これらの短歌の例えば「アンチブルジョア」、「一ミリグラムの理想」、「深夜零時の我がための鐘」、「樹液を舐め」、「幻の姉」、「ゲシュタルト崩壊」、「我を見つめる夜のふくろう」、「囁ける水」、「空気のラダー」、「男の社会おんなくれない」、「神のはからい」、「樹下のきざはし」、「市民の品格」、「労働者終える年頃」、「小さき幸」などは古城氏だからこそ書ける独創的な詩的言語だろう。古城氏の短歌の言葉は、この現代社会を生き抜く子守歌《ララバイ》のようにも思える。また現在の暮らしや仕事の現場で生きる心の真実や願いが描かれていて、その中でも「一ミリグラムの理想」や「市民の品格」を抱き、「樹下のきざはし」から透視される「神のはからい」が読者に予感されてくるだろう。そんな古城氏の実験的で独創的な短歌を多くの人びとに読んでもらいたい。

あとがき

短歌をつくって八年を過ぎたころ、第一歌集刊行の運びとなりました。作歌の手法は、物や情景を淡々とつづってゆくというもので、それでも元来のお喋りで、修飾もたとえも象徴表現も生まれます。そして、作歌年月を重ねてゆくに従い、理屈や知識のよろいもとれてリズムを伴う軽い文体になってゆきます。そういった情景描写、心理描写に加えて、人生の謎解きなども混ぜてあります。わたくしにとって人生は謎解きの旅でありました。働くこととは、女とは、女と社会とは、愛とは、性とは、ミッションとは。わたくしを上向きにさせるベクトルとは真逆のテーマ。悪とは、欲望とは、憎しみとは、闘争とは。こういったものがこれからの芸術活動、作歌活動に現れそうな気がします。綺麗ごと、建前、優越感のフレームにしがみ付くことをやめた時、芸術の階段をひとつ登ったということになりましょうか。

出版にあたり、解説文をご執筆くださったコールサック社代表の鈴木比佐雄氏、鈴木氏とともに編集を担当してくださった座馬寛彦氏、装幀を手がけていただいた松本菜央氏に、この場を借りて感謝申し上げます。

二〇二〇年十月吉日

古城いつも

古城いつも（こじょう　いつも）

1958 年、千葉県生まれ。
武蔵野美術短期大学・国立千葉大学工学部建築工学科卒業。
職能は建築技術者。
短歌誌「覇王樹」会員。
2017 年、「退院してから」20 首で第 13 回詩歌句随筆評論協会賞・短歌部門奨励賞。同年、「甘き完成」15 首で第 5 回近藤芳美賞入選。
2018 年、「3 分セクレタリー」20 首で 2018 年度覇王樹賞。

連絡先　〒 102-0084　東京都千代田区二番町 9-3
THE BACE 麹町 1F　Studio 弁天

石炭袋

古城いつも 歌集
クライム ステアズ フォー グッド ダー
Climb Stairs For Good Da

2020 年 11 月 11 日初版発行
著　者　古城いつも
編　集　鈴木比佐雄　座馬寛彦
発行者　鈴木比佐雄
発行所　株式会社 コールサック社
〒 173-0004　東京都板橋区板橋 2-63-4-209
電話 03-5944-3258　FAX 03-5944-3238
suzuki@coal-sack.com　http://www.coal-sack.com
郵便振替　00180-4-741802
印刷管理　（株）コールサック社　制作部

*装丁　松本菜央

落丁本・乱丁本はお取り替えいたします。
ISBN978-4-86435-457-8　C1092　￥1500E